Prof. Dr. Klaus Fischer
Dr. Dieter Stober

Unter Coronabedingungen

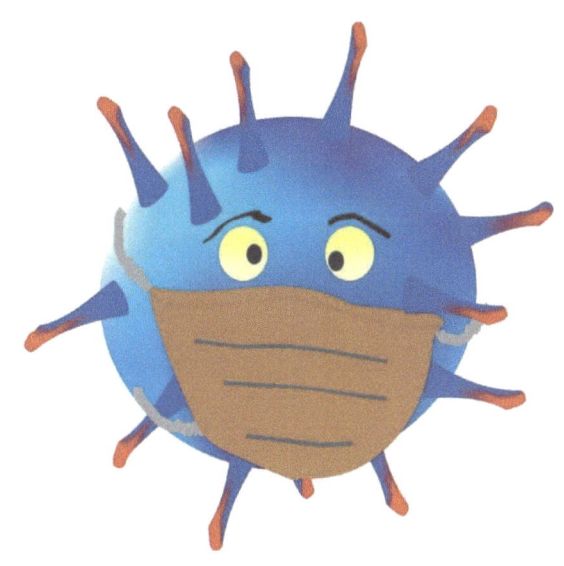

Impressum

Bibliografische Information der Deutschen Nationalbibliothek: Die Deutsche Nationalbibliothek verzeichnet diese Publikation in der Deutschen Nationalbibliografie; detaillierte bibliografische Daten sind im Internet über http://dnb.d-nb.de abrufbar.

1. Auflage 2020

© by Prof. Dr. Klaus Fischer & Dr. Dieter Stober
© Umschlaggestaltung / Grafiken
   Tobias Gaßmann (T.G.)

Verlag und Druck: tradition GmbH, Halenreie 40-44, 22359 Hamburg

ISBN Taschenbuch: 978-3-347-16171-9
ISBN E-Book: 978-3-347-16173-3

Freiwillige Leserverpflichtung

Wenn Sie dieses Büchlein lesen wollen, oder sogar müssen, erteilen Sie hiermit freiwillig Ihr Einverständnis zur Abgabe und Speicherung Ihrer ganz privaten Daten:

Vorname, Name, Kosename, Tattoos:

_____

Aktuelle Wohnanschrift:

_____

Wichtige Passwörter:

_____

Gültige Bankverbindung:

_____

Bestätigen Sie mit Ihrer eigenen *Unterschrift,* dass Sie der Datenerfassung, Datenspeicherung und Datenauswertung ausdrücklich zustimmen, ihre Angaben den Verwaltungsregeln Ihres Bundeslandes entsprechen und nichts als _die_ Wahrheit sind.*

_____

Unterschrift des Lesers

*Ihre Angaben werden von einem oder von beiden Autoren oder durch irgendein beauftragtes „Sicherheitspersonal" selbstverständlich lückenlos und penibel überprüft.

Bitte seien Sie versichert: Niemand hat die Absicht, Ihr Leben unter die Lupe zu nehmen! Und Sie haben doch auch nichts zu verbergen? Natürlich werden Ihre Daten vernichtet, wenn wir diese nicht mehr benötigen.

Bei Abgabe von Falschinformationen ist der Leser verpflichtet, die anderen „Werke" der Autoren unverzüglich käuflich zu erwerben.

 Bitte absenden!

Inhaltsverzeichnis

Unter Coronabedingungen I

... müssen wir viele unserer Gewohnheiten ändern und noch mehr Vorsicht und Umsicht walten lassen. Ausgerechnet im Zeitalter des Egoismus fordert man uns auf, *vernünftig* und *solidarisch* miteinander umzugehen. Im Frankfurter Bankenviertel klatscht man sich nach solcher Ansage auf die edel betuchten Schenkel.

Täglich lernen wir, dass selbst so ein ganz kleines buntes „Ding", das mit bloßem Auge nicht zu sehen ist, gewaltige Veränderungen bewirken kann und wir alle - fast alle und fast freiwillig - merkwürdige Dinge tun, weil es so und nicht anders richtig und für unsere und die Gesundheit der anderen notwendig sein soll, sagen uns die „Experten". Oder wie einige von uns bereits selbst sagen: *„Gutes und korrektes Verhalten ist jetzt die <erste Bürgerpflicht>".*

Das Virus hat uns schlicht kalt erwischt – und unvorbereitet *„überfallen".* Die Kanzlerin würde auf die ihr nicht gestellten Fragen nach dem „Warum" und „Wozu" vielleicht in ihrer gewohnten Unaufgeregtheit antworten: *<Viren sind eben ein ganz neues Thema. Und jetzt müssen wir alle zusammenhalten. Aber auch das schaffen wir!>*

Fakt ist: Endlich kann die Politik Dinge umsetzen, die sonst nicht ganz so einfach, wenn überhaupt, möglich gewesen wären. Zum Beispiel viel mehr Schulden machen, als notwendig sind. Oder die Haftungsunion auf den Weg bringen. Das viele Geld, das wir alle nicht haben, muss aber irgendwann in der Zukunft mit vielen Millionen € Zinsen wieder an die Geldverleiher zurückgezahlt werden. Eigentlich nein, nicht wirklich. Wir haben ja Minuszinsen, und die bleiben, solange die EZB und die Fed die Schuldtitel der Ausgabefreudigen unbegrenzt aufkaufen. Was aber wirklich irritiert: Nicht alles, was jetzt von den „Verantwortlichen" gesagt und beschlossen wurde, folgt der Logik, manchmal noch nicht einmal dem gesunden Menschenverstand.

Vieles klingt sogar widersprüchlich und ist vielleicht sogar sinnlos: Wir sollen unsere Hände gut und länger als üblich waschen. Aber Mund- und Nasenspülungen sind nicht vorge-sehen, obwohl auch die helfen würden und auf jeden Fall näher an der Quelle des Übels wären. Wir sollen Abstand halten - *„social* *distancing"* - ohne genau zu verstehen, was damit *wirklich* gemeint ist. Müsste es nicht eigentlich *„social isolation"* heißen? Dann aber wüsste jeder sofort, dass das für ein solidarisches Miteinander und für das friedvolle Zusammenhalten - in der Pandemie - nicht gut sein kann. Wir sollen jetzt stoß-, quer- oder technisch korrekt Klassenräume und Wohnungen lüften. Aber wie genau, wie oft und wie lange?

An Komik wird auch nicht gespart: *„Lächeln, statt Händeschütteln"* steht auf einem Pappkarton in einem Shop und eine Maske verdeckt das Lächeln dahinter. Und wer in Bussen und Bahnen - wie üblich - telefoniert, zieht sofort die Maske herunter: *„Man hört ja sonst so schlecht".*

Dennoch machen die Menschen fast alles mit, was „Experten" und aufgeregte Politiker ihnen – Tag für Tag - vorgeben. Denn, trotz aller Irritationen und Widersprüche, dem immer noch großen Nichtwissen über das Virus und seine Mutationsfähigkeit oder die Wirksamkeit eines möglichen Impfstoffs, die Menschen antworten auf entsprechende Nachfragen nach ihrer Zufriedenheit mit den „Maßnahmen" der Politik fast mit Resignation – vielleicht wegen fehlender Alternativen: *„Alles gut"*. Denn: Das Virus kann tödlich sein, sagen die Fachleute. Und deshalb muss jeder seinen Beitrag zum Eigenschutz und dem der anderen leisten. Oder ist es „nur" eine von vielen Erkrankungen, woran Menschen -*„in Verbindung mit"* - sterben können? Bekanntermaßen tun Menschen für das eigene Überleben – auf der ganzen Welt – vieles und machen oft bereitwillig bei dem mit, was die Regierenden von ihnen erwarten oder ihnen vorschreiben. Wird hier vielleicht manchmal übertrieben?

Zugleich sind sich die Regierenden und die Experten selbst nicht ganz einig darüber, ob es auch verbindliche Vorschriften für das Übernachten in fremden Betten geben sollte. Auch Vorschriften, welche Masken verwendet werden *müssen*, gibt es nicht. Und offenbar macht das Virus Halt vor Landesgrenzen, sonst gäbe es sicherlich konkrete und „bundeseinheitliche" Regeln und Vorschriften über die Landesgrenzen hinaus. Doch solange die Experten sich über die „richtige" Strategie streiten, bietet der deutsche Föderalismus die Möglichkeit, die optimalen Maßnahmen gewissermaßen auf dem Weg der Konkurrenz und des vergleichenden Experimentierens zu finden. Der französische Zentralismus hat jedenfalls die Eindämmung der Pandemie auch nicht erleichtert.

Die Mediziner und Forscher aber, die mit dem Virus direkt hantieren, tragen futuristische Helme und Schutzanzüge, als würden sie einem außerirdischen Virus zu Leibe rücken. Nun ja, bei einem Erreger, dessen Letalität je nach Lebensalter irgendwo zwischen Grippe und Ebola liegt, spricht man wohl zurecht von *Bio-Hazard*. Für den Umgang damit gibt es Laborvorschriften. Aber was soll der Laie tun?

Die Bürger lernen jetzt, sich für die *gute* und *richtige* Sache stark zu machen und merken manchmal nicht, welchen Konformitätsdruck sie auf ihre Mitmenschen ausüben. Ganz „normale" Menschen übernehmen jetzt die Verantwortung für die Einhaltung der „AHA"-Regeln im Alltag ihrer Mitmenschen, weisen auf deren Verfehlungen hin oder zeigen Verstöße bei den Behörden an.

Das neue kollektive Verhalten in der Krise könnte zum Paradigma einer „gelenkten" Demokratie werden, wobei ein *„Corona-Kabinett"* vorgibt, was Sache sein soll. Hoffentlich wird daraus kein Allgemeinzustand. Zugleich aber machen sich viele kaum Gedanken darüber, ob die Regeln und Maßnahmen überhaupt wirkungsvoll oder zumindest sinnvoll und konsistent sind. *Mitmachen ist jetzt die erste Bürgerpflicht.* Wenn es *„die da oben doch sagen, so muss es doch richtig sein".* Die anderen machen mit, weil Verweigerung teuer werden kann. Bleiben die Renitenten, Chaoten und Verschwörer, denen man es nie recht machen kann, weil sie ihrerseits glauben, immer Recht zu haben.

Die Politik, die Medien und selbst der sprichwörtliche *„Kleine Mann"* (der auch eine Frau sein kann) üben sich auch in dieser „Krise", wieder in *„Gut-Sprech-Manier"*, *„Gut-Verhalten"* und „Mitmach-Parolen", offenbar umso mehr, je verwirrender es um die Fakten bestellt ist. Unwissenheit, Unklarheit und Widersprüchlichkeit sind aber die Grundnahrungsmittel menschlicher Angst, die das Verhalten fehlleiten.

Letztendlich aber, so scheint es, haben alle etwas von der Krise. Die sogenannten „Systemrelevanten" bekommen endlich, was sie verdienen: Fünf-Minuten-Ruhm, motivierendes Klatschen – und etwas Beruhigungs- oder Belohnungsgeld. Die anderen, die die Existenzgrundlage durch den „Lockdown" verlieren, bekommen Kurzarbeitergeld und Ad-hoc-Hilfen, die der „Staat" wie selbstverständlich wieder einmal aus dem Hut zaubert und über die Leidenden mit der Gießkanne ausschüttet.

Fakt ist, Unsicherheit macht sich breit und sie macht etwas mit dem menschlichen Glauben an die Beherrschbarkeit des Alltagsgeschehens. Sie stellt das zwischenmenschliche Verhalten vor große Herausforderungen, für die es bisher keine allgemein verbindlichen Anleitungen gibt. Kein Wunder ist es daher, dass nicht wenige bei dem ganzen Hin und Her verwirrt sind, und es ihnen reicht. Viele sind pragmatisch und machen einfach mit, was vorgegeben wird, um alles richtig zu machen, oder um einfach ihre Ruhe zu haben. *„Alles gut!"* wird zur Generalantwort für und auf alles, was nicht zu beeinflussen ist. Wieder andere wiederum wollen nicht mehr freiwillig alles mitmachen und sich nicht gefallen lassen, dass ihr Leben *„von denen da oben"* eingeschränkt wird. Beide Positionen sind sehr menschlich und ein sichtbarer Ausweis einer lebendigen Demokratie. Wenn aber aus *Mitmachen-Wollen* und *Mitmachen-Müssen,* Verwirrung, Hysterie und Panik erwachsen, muss eine bessere *Therapie* her.

Die Politiker sind sich offenbar noch nicht ganz einig darüber, ob es an der Zeit wäre, gemeinsam an einem Strang zu ziehen. In jeder Krise gibt es Gewinner und Verlierer. Und einige haben einen persönlichen Plan. In der Zwischenzeit machen die Bürger das Beste daraus. Was wäre auch die Alternative?

Die gesammelten Beispiele verdanken die Autoren Erzählungen von Freunden, Gehörtem und Gelesenem. Manches stammt aus dem Fundus eigenen Erlebens. Sie sollen zum Schmunzeln und zum Nachdenken anregen. Die Liste der Beispiele vergrößert sich von Tag zu Tag – bis ein findiger Forscher einen *Impfstoff* findet, mit dem Patent dafür stinkreich wird und die Menschheit wieder der beliebten Alltagsbeschäftigung *„Abhängen, Shoppen und Feiern"* nachgehen kann. Bis zur nächsten Krise.

In der Zwischenzeit sollten wir alle einfach etwas gelassener werden, das Beste aus der Sache machen und den Humor und die Gelassenheit nicht verlieren.

Aber gerade *unter Coronabedingungen* ist es ganz sicher *nicht* die *„erste Bürgerpflicht"* von Demokraten, jede Äußerung, die von „oben" kommt, einfach nur nachzuplappern. Filterblasenfreies kritisches und selbstständiges Nachdenken ist für die persönliche Bewältigung jeder Krise unverzichtbar!

Übrigens: „Corona" war auch der Markenname der Schreibmaschine, mit der *Tanja Blixen* die erste Zeile ihres berühmten Romans auf das Papier tippte: *„Ich hatte eine Farm in Afrika, am Fuße der Ngong-Berge...".*

Unter Coronabedingungen II

Geordnete Unordnung

**Unter Coronabedingungen …
gibt es jeden Tag etwas Neues.**
*Menschen wünschen sich aber nichts
mehr als irgendeine Ordnung, auf die
sie vertrauen können.
Aktuell können wir uns nur darauf
verlassen, dass die Erde keine
Scheibe ist (ja wirklich!), die Steuern
bezahlt werden müssen, die Winter-
die Sommerzeit ablöst (weil die EU
sich auf keine neue Regel einigen
kann), rationales Verhalten die
Zierde der Menschheit ist (haha!)
und Experten und Politiker immer
genau wissen, was in Zeiten von
Krisen für die Bürger richtig und
wichtig ist (wer hat da gelacht?).*

Lottoregeln

Unter Coronabedingungen ...
sollte man annehmen, dass die
Regeln im Umgang mit der Pandemie
– aus Gründen der Akzeptanz -
vereinheitlicht und für alle Bürger
gleichermaßen verbindlich werden.

*Aus Gründen des Föderalismus geht
das nicht so einfach. Das Virus soll
sich gefälligst an den bürokratisch-
politischen Vorgaben ausrichten.
Die Teilnahmebedingungen beim
Mittwochs- und Samstagslotto sind
viel genauer und verbindlicher als die
Pandemieregeln in den einzelnen
Bundesländern. Wahrscheinlich, weil
die Nichtgewinnchancen beim Lotto
bereits mathematisch genau zu
berechnen sind. Bei ungenügendem
Wissen muss man die Erfolgsquoten
eben experimentell ermitteln.*

Das „Unheil" und die Nachrichten

**Unter Coronabedingungen ...
gibt es (fast) nur noch Corona-
Nachrichten in den Medien.**
*Ist alles andere nicht mehr so
bedeutsam: Altersarmut,
Kundenzuwachs bei den Tafeln,
Kinderarmut, Wohnungsnot,
Migranten, Schuldentürme,
Weltklimaerwärmung, BER,
Gefahren für die Demokratie? Die
Aufmerksamkeitsspanne von Homo
sapiens ist eben gering. Auch
Politiker, die Schweinereien
vorhaben, machen sich diese
anthropologische Konstante zunutze.
Sie wählen einen Tatzeitpunkt, an
dem die Weltöffentlichkeit ein
anderes Thema im Fokus hat.
Das ist funktionierende politische
Küchenpsychologie!*

Toilettenpapier

**Unter Coronabedingungen ...
ist Toilettenpapier so rar wie
Gelassenheit.**
*Dabei kann man sich die Sch... auch
mit dem Hals einer Gans hervor-
ragend säubern – empfahl
zumindest Francois Rabelais (1633).
Landwirte haben noch andere
Optionen. Nur – wo soll der Städter
eine Gans oder Rübenblätter finden?
Da bleibt nur der Griff zur
Tageszeitung (ungeleimtes Papier!)
von gestern. Das hilft auch den
Abflussrohrdiensten zu höherem
Umsatz. Wohl dem, der noch nicht
voll digitalisiert lebt.*

Ansteckungszahlen

Unter Coronabedingungen ...
steigen die Infektionszahlen
beständig an, weil die Menschen
gesellig sind, gerne feiern, das Leben
ohne Urlaub und Fernreisen sinnlos
ist und die Bürger auch dann
shoppen, wenn sie nichts brauchen.
*Trotzdem gibt es keinen einheitlichen
Maßnahmen-Katalog und so haben
die „MPs" der Länder immer wieder
einen Auftritt im Fernsehen, bei dem
sie zeigen können, wie sie die
Bedrohung „managen". Berlin will
„Maßnahmen verschärfen" und
Alkohol bei Feiern verbieten. Also
bitte! Nach russischer Erfahrung
tötet Vodka in landesüblicher
Dosierung die Viren ab – ob nur bei
Russen, ist noch offen. NRW braucht
immer Geld und will €250.- pro
Ungehorsam einziehen.*

Corona-App

Unter Coronabedingungen …
hat Minister Jens Spahn 10 Millionen
Euro für eine App locker gemacht,
oder einfach aus Steuermitteln
abgezweigt, die er für 1 Million hätte
haben können, sagen Mitbewerber,
die den Zuschlag nicht erhalten
haben.

*Dafür hat er jetzt eine App, mit
denen weder die User noch die
Ärzteschaft und schon gar nicht die
Gesundheitsämter richtig zufrieden
sind, weil es den Usern selbst
überlassen bleibt, ob sie die
„Warnung" melden oder nicht.
Ein Prosit auf den Datenschutz! Mit
einer Facebook- oder Google-App
hätten die User die Meldung mit
Selfie gepostet. Und – die Infizierten
hätten sogleich die passenden
medizinischen Angebote bekommen.*

Busse und Bahnen

Unter Coronabedingungen ... herrscht strikte Maskenpflicht.

Mund und Nase müssen bedeckt bleiben. Wer dagegen verstößt, wird zur Kasse gebeten. Theoretisch. Da der Griff in die Brieftasche weh tut, selbst wenn die Einsicht fehlt, stülpen sich die Meisten, bevor sie Busse und Bahnen betreten, die Masken über. Leider oft nachlässig und nicht mit der Präzision und Routine der Ostasiaten, die die Corona-Krise bisher vorbildlich bewältigten.
Und: Die Handläufe fassen alle an, Gummihandschuhe werden nicht getragen. Desinfektionsmittel in Bussen und Bahnen gibt es auch nicht.

„Lichtschwerter"

Unter Coronabedingungen ...
finden Firmen neue Anwendungen
für existierende Produkte

In Hanau stattet der Heraeus-Konzern die Stadtbusse mit keimtötenden UVC Lampen aus, die in Lüfteranlagen integriert sind. Die Luft wird permanent umgewälzt und alle Viren werden durch hochenergetisches UVC Licht abgetötet. Jeder Bustyp kann binnen Stunden damit ausgerüstet werden. Kosten pro Modul: ca. €1300. Je nach Busgröße und gewünschter Leistung braucht man mehrere davon. Auch die Luft von Innenräumen kann damit entkeimt werden (FAZ, 7. Nov. 2020). Vielleicht hat Hollywood noch ein paar von den richtigen übrig?

Lüftung

**Unter Coronabedingungen ...
müssen die Klassenräume regelmäßig
gelüftet werden.**
*Aber, wie geht das, wenn die Fenster
sich nicht öffnen lassen, weil sie
marode sind? Und professionelle
Luftreiniger so teuer, dass sich das
ach so reiche Deutschland diese
nicht leisten kann? Schüler müssen
auf dem Schulhof Masken tragen, im
Klassenzimmer aber nicht.
Fällt das Virus während des
Unterrichts in den Tiefschlafmodus?
Unterdessen haben findige Lehrer
Lüftungsanlagen Marke Eigenbau
mit Komponenten aus dem
Baumarkt entwickelt, die die
belastete Luft lautlos nach oben
absaugen und in Röhren nach
draußen befördern. Für 1000-2000€.
Bravo!*

Online-Unterricht

Unter Coronabedingungen ... muss das Lernen jetzt digital passieren.

Das aber will gelernt sein. Doch die Lehrer sind in aller Regel keine „digital natives" und beherrschen den Computer schlechter als ihre Schüler. Ausgearbeitete digitale Lernmaterialien gibt es ebenso wenig wie geeignete Programme und eingeschliffene Routinen. Dilettantisches Improvisieren ersetzt intelligentes Experimentieren. Die Lehrer sind schlicht überfordert. Ebenso die Schüler. Lernen am Computer ist etwas anderes als ein Online-Spiel mit der „Community". Die Idee, mal alles spontan auf „digital" umzustellen, ist naiv. Und – natürlich kann man nicht alle Fächer „online" lernen. Zum Beispiel Sport.

Lernleistung

**Unter Coronabedingungen ...
müssen die Schüler zu Hause lernen.**
*Aber viele Eltern sind keine
ausgebildeten Lehrer und auch an
der eigenen Geduld hapert es
mitunter. Andererseits, warum
klappt das in Amerika? Bei den
Evangelikalen reicht die Bibel für den
Bildungserfolg.
Online-Angebote könnten ein Segen
sein. Aber: Die Lernleistung am
Bildschirm verringert sich um 50% im
Vergleich zum Direktlernen, sagen
Wissenschaftler. Zumindest gilt die
Aussage für Kleinkinder (2-5 Jahre).
Ähh, richtig! Dass Wespenstiche weh
tun, lernt man am schnellsten am
realen Objekt. Aber Kleinkinder
müssen ja noch nicht „beschult"
werden.*

Bei älteren Kindern (6-15 Jahre und einem „normalen" Bildschirmkonsum bis zu 6 Stunden pro Tag!) weisen die Gehirne bereits eine Besonderheit auf, berichten die Forscher. (ABCD-Study by NIH 2018f.)

Beobachten wir hier die Mutation zum Homo digitalis? Oder gar die Vorstufe zum „hive-Bewusstsein"? Oder schlicht den nächsten Schritt auf dem Weg zur Verdummung der Menschheit?

Zumindest die Optiker und Brillenläden können sich freuen.

Sportveranstaltungen

**Unter Coronabedingungen ...
sind Busse und Bahnen etwas
weniger voll, weil die Leute lieber mit
dem eigenen PKW oder Fahrrad
fahren.**

*Die Sportstadien aber sind fast
komplett leer, obwohl es dort keine
Haltegriffe gibt, an denen man sich
seine Dosis Viren abholen kann. Auch
die Krawalle und Gesänge fehlen für
das stimmige Bild.*

*So ist leider alles nur ein langweiliges
Herumgekicke und das Stadion ein
fanfreier Ort, an dem die Spieler
endlich die Kommandos ihrer Trainer
verstehen können.*

*Immerhin bekommen die Vereine
weiterhin fette Euros für das
„Spektakel" vor leerer Kulisse von
den Sendeanstalten. Offenbar sind
sie „systemrelevant". So ein Zufall!*

Fridays for Future

Unter Coronabedingungen ... darf unser Planet nicht vergessen werden.

Dass das verschwenderische und selbstzerstörende Verhalten der Menschen irgendwann den Planeten auslöscht, konkurriert scheinbar mit dem Vorhaben des Virus, den Menschen auszulöschen. Aber nur fast, denn das Virus will weiterleben. Dass es seinen Wirt umbringt, ist gewissermaßen ein Betriebsunfall. Die natürlichen Ressourcen auszubeuten und die Ökosysteme dabei zu ruinieren, liegt dagegen in der Logik staats- wie privat-kapitalistischen Handelns. Was folgt daraus? Ein Hirn zu haben ist nicht unbedingt gut fürs Überleben.

Eltern und die eigenen Kinder

Unter Coronabedingungen ...
stellen Eltern schneller als sonst fest,
dass Kinder richtig Arbeit machen
und keine schmückende Beilage -
nice to have - für ein Influenzer- oder
Managerleben sind.
Übrigens:
Kinder haben zwar kleine Füße, aber
sie hinterlassen einen großen
ökologischen Fußabdruck. Und
irgendwann sind sie groß und wollen
mit ihrem Konsum die Müllhalden
vergrößern. Man muss das Übel an
der Wurzel packen.
Schei...! Wer bezahlt dann die
Beiträge für unsere Rente?
Ein Teufelskreis!
Eigentlich sind Kinder doch ganz süß
– manchmal.

Schuldenmachen im ganz großen Stil

Unter Coronabedingungen ...
kann die Regierung endlich so viele Schulden machen, wie sie für ihre Ideen braucht.

Weil die Politik das Virus nicht verschuldet hat, kann sie aus dem Vollen schöpfen und mit Anlauf jede Schuldenbremse in die Tonne treten. Minister Scholz will sogar mehr als er wirklich braucht. Wozu? Abgerechnet wird später – beim und mit dem Steuerzahler.

Profitieren im ganz großen Stil

Unter Coronabedingungen ... können die stets klammen EU-Südstaaten endlich die Nordstaaten für ihre Schulden blechen lassen.
Die schrecklichen Bilder vom März und April 2020 haben bei Politikern der EU-Nordstaaten offenbar zu dauerhaften Wahrnehmungs-störungen geführt, die Kriegs-szenarien vorgaukeln und Vertragsbrüche absegnen. Als „Wiederaufbau"-Hilfe erhalten die zerstörten (sic!) EU-Südstaaten riesige Summen als „nicht rückzahlbare Zuwendungen". Endlich ist er geschafft – der Einstieg in die Haftungsunion.
Ein Dammbruch aus Solidarität? Die deutschen EU-Politiker jubeln über diesen „Erfolg". Auf „stupid German money" ist eben Verlass.

Friseure

Unter Coronabedingungen ... müssen zuerst die Haare gewaschen werden.

Friseur: „Ich muss Ihnen die Haare waschen, bevor ich sie schneide".

Kunde: „Ist das ein neuer Service, weil ich Dir - selbst unter extremer Coronagefahr - Umsatz beschere?"

Friseur: „Nein, das ist so vorgeschrieben".

Kunde: „Wer hat das denn vorgeschrieben?"

Friseur: „Die da oben!"

Kunde. „Wer, und wo ist oben?"

Friseur: „Die Merkel ... und die IHK"

Kunde: „Kann man Coronaviren herauswaschen?"

Friseur: „Funktioniert im Prinzip wie beim Händewaschen – dreimal Happy Birthday singen und Tschüs ihr Viren – immer bei 60 Grad"

Kulturveranstaltungen

**Unter Coronabedingungen ...
müssen die Zuschauer das
Theaterfoyer jetzt ab sofort mit
Maske betreten.**
*Danach dürfen sie demaskiert
lachen, weinen und klatschen, damit
die Viren von den Händen abfallen –
dann auf die Bretter, die die Welt
bedeuten, hart aufschlagen und sich
richtig wehtun!
Quid pro quo!
Ab November 2020 heißt es leider
für Viren wie für Zuschauer:
Kein Zutritt! Wir haben geschlossen.*

Home Office

**Unter Coronabedingungen ...
ist Immobilität kein Hindernis für
„normale" Arbeit.**

*Dienstleistungsarbeit von zu Hause
aus erlebt erzwungenermaßen eine
Hochkonjunktur und Minister Heil
kann daran gehen, ein „Gutes
Homeoffice-Gesetz" auszuarbeiten.
Effiziente Arbeit im Modus Home-
Office ist allerdings weniger
entspannt als von vielen gedacht. Sie
verlangt Selbstdisziplin, die
Einhaltung von Regeln und
kommunikatives Geschick.
Eine Arbeitsecke im heimischen
Wohnzimmer erzeugt noch keine
produktive Arbeitsumgebung. Nötig
ist die Simulation eines realen Büros
mit Kühlschrank und Fernseher
außer Reichweite. Politiker können
das nicht wissen!*

Krankenhäuser und Heime

**Unter Coronabedingungen ...
müssen wir auf die Schwächsten und
die Alten mehr Rücksicht nehmen.**
*Ob Besuchsverbote aber das richtige
Mittel der Wahl sind, können
wahrscheinlich nur Politiker
„vernünftig" erklären.
Liebe Leute, die Logik dahinter ist
doch wirklich nicht schwer zu
verstehen. Es geht darum, möglichst
viele (am besten alle) direkten
Kontakte zwischen verschiedenen
Haushalten zu vermeiden – außer
denen, die notwendig sind, die
Wirtschaft am Laufen zu halten.
Besuche im Altersheim zählen nun
mal nicht dazu.
Die sind nicht „systemrelevant".*

Öffentlicher Rundfunk

Unter Coronabedingungen …
gibt es die beliebten Talkshows aus der Konserve oder nur noch mit viel Abstand. Und das auch noch ganz ohne Publikum.
Die Prominenten lernen, sich selbst zu applaudieren, und haben hörbare Probleme damit.
Auch die sonst so lustigen „Comedians" können über die eigenen Scherze nicht wirklich lachen und Klatscher- und Lacher-Einspieler sind noch nicht üblich in Deutschland. Aber andererseits: Gibt es etwas Traurigeres als einen Komiker, der über seine eigenen Witze lacht – womöglich als Einziger?

Restaurantregeln

**Unter Coronabedingungen ...
sollen Trennscheiben aus Plexiglas
vor den „Auswürfen" der
Tischnachbarn im Restaurant
schützen.**

*Trotzdem kann man sie immer noch
sehen, und kann hören, wenn sie sich
über den „Abgang" des Roten
auslassen.*

*Frage an Radio Eriwan: „Kann man
dagegen nichts tun?"*

*Antwort: „Doch! Sie haben fünf
Optionen:*

1. Schalten Sie Ihr Hörgerät ab.

*2. Sie hören noch gut? Dann nehmen
Sie Ohrstöpsel.*

*3. Sie haben keine? Dann bitten Sie
ihre Begleiterin um ihren BH und
ziehen ihn über ihre Ohren.*

*4. Ihre Begleiterin trägt keinen BH?
Dann bestellen Sie das Essen nach
Hause. Lieferservice ahoi!
5. Ihnen ist das alles zu viel
Umstand. Dann ertragen Sie halt das
Gelaber und stellen ihre Ohren auf
Durchzug".*

Corona-Tote

**Unter Coronabedingungen ...
versterben Infizierte „an", manchmal
„durch", oder „im Zusammenhang
mit" der Infektion.**

*Genaues aber weiß man nicht, weil
die „Ursachen" des Versterbens an,
durch und im Zusammenhang mit
dem Virus, vielfältig sind.
Auch Krankenhauskeime,
Schlaganfälle, Herzinfarkte,
Verkehrsunfälle, Schusswaffen, etc.,
können Vor- und Neuerkrankten den
Rest geben. Umgekehrt stimmt es
aber genauso.
In den USA versterben nach
Medienberichten die Menschen aber
immer „am" Virus. Die USA sind uns
eben, unter Führung von Präsident
Trump, in der Eindeutigkeit der
Diagnose klar voraus.
Das hat jetzt aber auch ein Ende!*

Alkoholkonsum und andere Laster

Unter Coronabedingungen ...
lernen wir, dass das Virus Menschen töten kann.

„Todesursachen nach Krankheitsarten 2018:"

954.874 Todesfälle gesamt, davon sind 4,3% Krankheiten des Verdauungssystems

4,4% Verletzungen und Vergiftungen

7,5% Krankheiten des Atmungssystems

23,6% Sonstiges

24,1% Bösartige Neubildungen (Krebs)

36,2% Krankheiten des Kreislaufsystems.

[Bericht Statistisches Bundesamt (Destatis) 2020]

Übrigens:
Weltweit versterben fast
3 Millionen Menschen an den Folgen
übermäßigen Alkoholkonsums (WHO
2018). Das ist mehr als an AIDS,
Verkehr und Gewaltdelikten
zusammen. Unter Jugendlichen
nimmt der Alkoholkonsum weiter zu.
8 Millionen Menschen versterben
weltweit an den Folgen des
Rauchens (WHO 2019).

Die Bundesregierung plant – nach
gut unterrichteten Kreisen – aber
keine Lockdowns (April, April!).
Und so, so sorry:
Raucher und Trinker <u>müssen</u> zum
Genuss die Maske absetzen.

Tierliebe

**Unter Coronabedingungen ...
wollen immer mehr Menschen ihre
Liebe den Tieren schenken.**
*Der Lockdown erzeugt Langeweile
und Angst vor menschlichen
Kontakten. Tierhandlungen und
Fahrradläden haben dagegen
Hochkonjunktur. Deshalb freuen sich
Tierärzte und Virologen jetzt so
richtig, weil das Mensch-Tier-
Kuscheln zahlreiche Infektionen -
auch unappetitliche - bei den
Besitzern auslösen kann und viel
Geld in die Kassen spült.
Preisfrage: Kann sich mein „Liebling"
auch mit dem Corona-Virus
anstecken, oder ich mich bei ihm?
Bei einer Zoonose wie Covid19 ist
das die falsche Frage.
Die richtige lautet: Warum bleibt das
Virus nicht beim Tier, sondern sucht*

sich als neuen Wirt ausgerechnet
Homo sapiens?
Ist die „Krone der Schöpfung, das
Schwein, der Mensch" (Gottfried
Benn), doch näher am Tier als
geglaubt?
Sorry, nur vernunfttrunkene
Idealisten glauben, dass dies
Kreationisten oder Evangelikale ins
Grübeln bringen kann.
Wer sich der Wahrheit sicher ist, den
kann nichts mehr erschüttern.

Tierliebe gegen Menschenliebe

**Unter Coronabedingungen …
geht der Schutz des Menschen über
die Interessen der Züchter und das
Leben der Pelztiere**

*6. November 2020: Dänemark hat
angekündigt, ca. 17 Millionen Nerze
zu töten, weil die Tiere eine Mutante
des Corona-Virus verbreiten, das
bereits 200 Menschen infiziert hat.
Da die gängigen Antikörper-Tests auf
die Mutante kaum ansprechen,
befürchtet man, dass auch die
entwickelten Impfstoffe gegen die
Mutante wirkungslos sein könnten.
Die Region um die Nerzfarmen
wurde abgeriegelt und die
Tierschützer können jubeln. Endlich
keine Nerze mehr.
Ob das Virus das auch weiß?*

Erzwungene Quarantäne

**Unter Coronabedingungen ...
haben es Non-Konformisten nicht
leicht.**

*Der Innenminister von Baden-Württemberg, Thomas Strobl (CDU),
will „Quarantäne-Verweigerer" in ein
geschlossenes Krankenhaus
einweisen lassen. Wer aber bezahlt
Unterbringungskosten und
Verpflegung, wenn der
„Verweigerer" stur bleibt? Die
Krankenkasse sicher nicht. Der
Steuerzahler, also wir? Der
Landesvorsitzende der Deutschen
Polizeigewerkschaft sieht
„Schwierigkeiten" auf die Polizei
zukommen, falls „Verweigerer"
Widerstand leisten sollten.*

Verschwörungs-Theorie

**Unter Coronabedingungen ...
werden aus „*Theorien*" erst
„*Erzählungen*" und dann „*Mythen*".**

*Da die Wahrheit unteilbar ist,
müssen „falsche" Überzeugungen
oder „irrige" Meinungen von den
Vertretern der wahren Wissenschaft
als „Erzählungen" oder „Mythen"
identifiziert und der Lächerlichkeit
preisgegeben werden.
Erich Wegener und viele andere
unbequeme Wissenschaftler
mussten das am eigenen Leib
erfahren.
Mit dem „richtigen Wissen" kann
man Karriere machen, wenn man die
richtigen Leute kennt. Schräge
Ansichten machen bekanntlich nur
doof und rechts. Selbstständiges,
nicht-betreutes und filterblasenfreies
Nachdenken wäre eine Alternative.*

Wahrheit und Erinnerung

Unter Coronabedingungen ...
kann sich Minister Scheuer nicht
konkret daran erinnern, von den
Betreibergesellschaften der Pkw-
Maut das Angebot gehört zu haben,
mit seiner Unterschrift unter den
Mautverträgen so lange zu warten...
*Bislang sind die Wissenschaftler
davon ausgegangen, dass Corona zu
Appetitlosigkeit und
Geschmacklosigkeit führen kann.
Aber Vergesslichkeit? Das wäre neu!
Eigentlich ist das auch egal.
Denn selbst ohne Coronadiagnose
muss der Minister nicht für den
Schaden aufkommen, den seine
Entscheidung am Eigentum der
Bürger verursacht hat. Das bleibt
Sache des „Steuerzahlers". Denn für
den Schaden an der Demokratie
kommt das eigene Wahlvolk auf.*

Sicherheit und Datenschutz

Unter Coronabedingungen ...
ist es wichtig, dass wir schnell und
genau wissen, wer sich infiziert hat:
*„Schreiben Sie Name und Adresse
auf. Nicht vergessen dann zu
unterschreiben, wg. Zustimmung ...“*
*Frage: „Ist das nicht ein Eingriff in
den Persönlichkeitsschutz?“*
*Antwort: „Es dient der Eindämmung
der Ausbreitung der Infektion“.*
*Nachfrage: „Kann man damit auch
Unsinn eindämmen?“*
*Antwort: „Nur wenn das Virus die
Menschheit komplett auslöschen
würde - dann hätte sich das mit dem
Datenschutz auch erledigt! Aber so
blöd ist das Virus nicht (siehe oben),
also Nein.“*

Die Systemrelevanten

**Unter Coronabedingungen ...
können selbst Hunde systemrelevant
sein.**

*Viele Hunde (und andere Haustiere)
sind im Lockdown für viele Menschen
die Rettung. Sie sind da. Sie sind
geduldig. Sie bringen ihre Besitzer
immer wieder zum Lachen. Sie
motivieren sie am Morgen zum
Aufstehen, sie zwingen sie, das Haus
zu verlassen und nicht in Trübsal zu
versinken. Und an manchen finsteren
Tagen haben sie vielleicht das
Schlimmste verhindert. Es gibt
überhaupt keinen Zweifel: Haustiere
sind systemrelevant. (leicht
adaptiert, nach: Selma Mahlknecht,
Schweizerische Dramatikerin, in: FAZ
7.11.2020). Wie wäre es, wenn wir
jetzt die Hundesteuer erlassen?*

Die Systemzerstörer

Unter Coronabedingungen ... haben es echte Terroristen schwerer als sonst.

Solange soziale Kontakte, Konzert-, Kino- und Restaurantbesuche sowie alle Großereignisse, an denen sehr viele Menschen teilnehmen, untersagt sind, müssen Terroristen erfinderisch sein, um weiterhin öffentlichkeitswirksame Opferzahlen zu erreichen. Radikalen Islamisten dagegen genügt es, zum Entsetzen der Öffentlichkeit ab und zu den Kopf eines „Kuffar" abzuschneiden und den Ungläubigen damit einen Vorgeschmack auf den Scharia-Staat zu geben. Die Sicherheitsbehörden glänzen ungewollt aber effektiv durch Inkompetenz und die Politik geht geschäftig zur Tagesordnung über.

Regel und Masken

Unter Coronabedingungen ...
steht - nach längerem Hin und Her -
offenbar fest, dass Masken eine
Schutzfunktion haben ... sollen ...
könnten. *What ever!*
*Welche Masken aber die richtigen
sind, weil es funktional-schützende
Masken sein sollen, verbleibt der
Einschätzung des einzelnen Trägers
überlassen. Der Staat kann und will
nicht alles vorschreiben. Schließlich
leben wir in einer Wettbewerbs-
gesellschaft und in einer Demokratie.
Und einen 100%-Schutz kann
schließlich niemand garantieren. Das
wissen wir schon aus der Zeit der
Anschläge von Islamisten.
Und auch – dass wir auch diese Krise
„schaffen" werden. Denn „wir"
haben schon so vieles geschafft!
Wirklich?*

Regeln und Sanktionen

Unter Coronabedingungen ...
müssen wir für falsche Auskünfte mit harten Euros bezahlen.

Weil der Appell an die Eigenverantwortung immer dort aufhört, wo der persönliche Eigennutz anfängt, muss die Einhaltung der Regeln überprüft werden.

Politiker aber müssen sich keine Sorgen machen, dass sie für falsche Angaben, Falschverhalten oder Unwissenheit „abkassiert" werden, weil das in Deutschland noch nie passiert ist – und weil Wahrheit im politischen System kein zentraler Wert ist.

Wer die Macht hat, kann auf die Wahrheit pfeifen. Er kann sich auf das kurze Gedächtnis der Wähler verlassen.

Vorbildfunktion

Unter Coronabedingungen ...
tragen Politiker gerne die Maske, um
ihren Vorbildcharakter zu
demonstrieren.
Über den richtigen Sitz derselben
machen sie sich aber weniger Sorgen
und auch vor ihren Worten schützen
die Masken die Zuhörer nicht
wirklich. Deshalb macht es auch
nichts, wenn sie sie abnehmen, bevor
sie anfangen zu reden.
Oder haben Politiker Angst, dass sie
von ihrem Publikum bald nicht mehr
erkannt werden, wenn sie die Maske
zu lange tragen?
Die Sorge ist unbegründet. Tragen
wir nicht sowieso alle Masken, auch
ohne Corona (Erving Goffman)?

Eigenverantwortung

Unter Coronabedingungen ... wird zu Recht an die Eigenverantwortung jedes Einzelnen für die Sache der Menschenrettung appelliert.

Ob gerade jetzt die richtige Zeit ist, an die Verantwortung der Politiker im „Umgang" mit dem Geld der Steuerzahler zu appellieren, kann nicht eindeutig beantwortet werden. Eine der Nebenwirkungen des Virus scheint die Beseitigung der Hemmschwelle fürs Schuldenmachen zu sein. Angesichts der stets unbändigen Lust der Politiker am Schuldenmachen ist allerdings nicht wirklich davon auszugehen, dass die Halbwertzeit des Virus, Pardon, des Appells, die Lebenserwartung einer Eintagsfliege übersteigen wird.

Glaube

**Unter Coronabedingungen ...
sollten wir unseren Glauben nicht
verlieren.**

*Schließlich sind wir viel klüger als im
Mittelalter und wissen schon sehr
lange, dass ein Virus keine „Strafe
Gottes" für unseren aktiven Beitrag
an der Vergiftung und Zerstörung
unserer Umwelt ist.*

Aber, wer weiß, wer weiß?
*Eine Studie des Imperial College,
London an 85.000 Probanden ergab,
dass Corona-Infektionen aufgrund
ihrer neurologischen Folgen zu einer
verminderten Intelligenz führen
können (Frankfurter Allgemeine
Sonntagszeitung, 1. Nov. 2020).
Oh je! Besser wir glauben nicht
daran.*
*„Wie viele Finger, Winston?"
(George Orwell, 1984).*

Asymmetrische Freude

**Unter Coronabedingungen ...
sind Feiern oberhalb einer
bestimmten Zahl von Feierwilligen
nicht gestattet.**
*Trotzdem feiern die Menschen
weiter, weil sie auch gerne
Autokorsos durchführen, die auch
nicht gestattet sind, aber so ihre
besondere Freude den anderen
Bürgern mitzuteilen vermögen – ob
es ihnen gefällt oder nicht.*

Schuld

**Unter Coronabedingungen ...
müssen wir bescheiden werden, und
endlich damit aufhören, Mega-
Hochzeiten zu feiern, und damit das
Risiko der Fremd- und
Selbstansteckung mit Corona
reduzieren.**

*Weil nicht ganz klar ist, wer
Festivitäten mit bis zu 500 und mehr
Personen und mehr feiert,
beschließen die Politiker Sanktionen
für alle Menschen.*

*Die genaue Benennung der
„Verursacher" wäre „Profiling" und
das wollen die Überkorrekten nicht,
weil es nach Rassismus riecht.*

*Sie suhlen sich in ihrer
Kollektivschuldwelt und lassen jeden
Unsinn weiterhin geschehen.*

Vernunft

Unter Coronabedingungen ... appellieren die Politiker gerne an die *Vernunft* ihrer Bürger.

Die Vernunft ist nach David Hume schon immer die „Magd der Leidenschaften" und daran hat sich trotz Kant und unter allen Krisen nichts geändert. In modernisierter Ausdrucksweise könnte man auch sagen, dass die Vernunft eine PR-Agentur des Willens ist, die die rationale Begründung für das vernunftfreie Walten der Hormone, Gefühle und Vorurteile liefert.

Die Kanzlerin indes glaubt weiterhin an die „Kraft der Vernunft und der Verantwortung".

(Pressekonferenz Berlin 2. Nov. 2020)

Flüchtlinge und Lesbos

Unter Coronabedingungen ...
müssen die Flüchtlinge jetzt endlich
von den griechischen Inseln und den
Griechen „gerettet" werden.
*Während der Hochphase der
Coronakrise war das kurzzeitig aus
dem Fokus der guten Menschen
geraten, aber jetzt ist das ganze Bild
wieder da.*
*Dennoch wollen weder Grüne, Linke,
Rote oder Schwarze, Flüchtlinge bei
sich zu Hause aufnehmen. Wie in
den Jahren 2015- 2019.*
*Obwohl wir sooo viel Platz im Land
haben, das Land ja sooo reich ist und
die „Schutzsuchenden" ja sooo
integrationswillig sind.*

Geld und Schulden

**Unter Coronabedingungen ...
wird alles teurer, weil selbst unter
diesen Bedingungen das Klima und
der Rest der Welt gerettet werden
müssen.**

*Derweil transferiert Deutschland den
eigenen Wohlstand in die Welt und
heißt Menschen willkommen, die für
ihre angemessene Versorgung und
Ausbildung noch keine eigenen
Beiträge entrichten können. Das
macht aber nichts. Auch nicht in
Corona-Zeiten. Denn Deutschland ist
sehr, sehr reich. So reich wie
Dagobert Duck, oder so?*

*Frage: „Wer hat den Reichtum
erwirtschaftet, und wie?"*

*Antwort: „Das ist ... meiner
Erkenntnis nach ... das ist ein
Geheimnis. Aber ja ... diese Erklärung
dafür gilt ab sofort und für immer!"*

Kriminalität

**Unter Coronabedingungen ...
werden Einbrüche immer riskanter.**

*Die Leute sind zu Hause und selbst
Rentner wehren sich.
Auch die Dealer werden die Drogen
nicht mehr so einfach los, weil sie die
Mindestsicherheitsabstände zu den
„Kunden" strikt einhalten müssen.
Theoretisch. So kommt es beim
„Deal" zu Missverständnissen und zu
Verdienstausfällen. Das Land muss
mit mehr Kurzarbeit und neuen
Hartz-IV-Empfängern rechnen.
Vielleicht müssen die Vertreter auch
dieses traditionellen Handwerks bald
auf Online-Betrug umschulen?*

Hund*Innen und ihre Besitzer*<u>Innen</u>

**Unter Coronabedingungen ...
müssen wir uns alle an Regeln und
Vorschriften halten.**
*Hunde-Besitzer*Innen sehen die
„Sache" für den eigenen Nutzen
nicht ganz so eng und lassen ihre
Lieblinge - ohne Maske und Leine -
auch weiterhin durch den Wald
streunen und FahrradfahrerInnen
beim unvermeidlichen
Ausweichmanöver stürzen.
„Was rasen Sie auch so!"*

Schönheit und Kosmetik

**Unter Coronabedingungen ...
ist das tägliche Schminken nicht
unbedingt erforderlich.**
*Die Umsätze der Kosmetikindustrie
müssten eigentlich einbrechen. Und
die Kunden könnten das gesparte
Geld an notleidende Solo-
Selbstständige spenden, bis der
Regierung etwas Besseres einfällt,
als die „Solos" zu Hartz-Empfängern
zu degradieren.
Aber solange die Kunden immer noch
nicht glauben wollen, dass „wahre"
Schönheit nur von innen kommt,
muss weiter lackiert und angepinselt
werden. Und Hartz-IV Empfänger,
die neuen „Kunden", müssen nicht
unbedingt chic sein, weil sie mit den
Notgroschen sowieso nicht weiter
„adäquat" am öffentlichen Leben
teilnehmen können.*

Rauchen und andere Laster

**Unter Coronabedingungen ...
wird das Einstellen des Rauchens und
Trinkens nicht befohlen.**

Wenn die persönliche Gefahr das Normalmaß der allgemeinen Gefahr an Leib und Leben überschreitet, müssen die Menschen vom vorsätzlichen Selbstmord abgehalten werden. Dieses „Gesetz" ist Teil einer humanistischen und somit übergeordneten Moral. Davon ausdrücklich ausgenommen sind nur das Rauchen, der Alkoholkonsum, gefährliche Sportarten und die soziale und ökonomische Verarmung der Menschen. Denn das sind die „normalen" Lebensrisiken, die man nicht einschränken und gegen die man sich nicht versichern kann.

Toilettenbesuche

**Unter Coronabedingungen …
können die Toiletten in Restaurants
nur mit Mund-Nasen-Schutz
aufgesucht werden.**

*Offenbar lauert das Virus auf der
Toilette und auf dem Weg dorthin
herum und nicht am
Restauranttisch?*

*Jedenfalls kann man potenzielle
Geruchsbelästigungen jetzt viel
besser ertragen.*

*Danach bitte das Händewaschen
nicht vergessen!*

Sonderwirtschaftsbetriebe

Unter Coronabedingungen … sind konkrete Handhabungs- dienstleistungen in Gefahr.

Die Expertinnen sagen, dass sie viele Leistungen für ihre Kunden nicht mehr zufriedenstellend ausführen können, weil der Mundschutz die korrekte Ausführung der Dienstleistung verhindere. Dabei stand dieser Infektionsweg bisher nicht im Blickfeld der Mediziner.

Steht gar der Niedergang des ältesten Gewerbes der Welt bevor? Gemach!

Minister Heil muss jetzt tatkräftig helfen und ein „Gutes-Bordell-Gesetz" auf den Weg bringen! Der sexuelle Notstand der vielen wartenden „Kunden" birgt sozialen Sprengstoff.

Eine „Ventillösung" muss her.

Arbeit und Arbeitslose

**Unter Coronabedingungen ...
gehen die Arbeitslosenzahlen zurück.**
*Ob das Virus daran „schuld" ist, kann
noch nicht ermittelt werden.
Vielleicht nehmen Tausende auch
nur eine Auszeit von der
Arbeitssuche, machen Kurzarbeit
und nehmen an
Weiterbildungsmaßnahmen teil, die
versprechen, was sie nicht halten.
Was nicht angeboten wird, sind
Kurse wie „Überleben in Zeiten von
Corona", oder „Geldverdienen mit
Gut-Reden".
Letztere werden bereits seit Jahren
von den immer Gleichen „da oben"
gebucht und neue Interessenten
werden, aus Bestandsschutzgründen,
nicht mehr zugelassen.*

Insolvenzen

**Unter Coronabedingungen ...
werden die Firmen- und
Privatinsolvenzen weiterhin und in
großer Zahl ansteigen.**

*Von denjenigen aber, die <u>nicht</u> von
Unternehmens- oder Privatinsolvenzen betroffen sind und - aus
systemrelevanten Gründen - <u>niemals</u>
sein werden, hört man, dass alles
zwar schlimm sei, sehr schlimm
sogar, und man den Betroffenen mit
Verständnis begegne und natürlich
Respekt zolle, aber ihnen auch
mitteilen wolle, dass wieder neue
Möglichkeiten am Horizont der
wundersamen Versprechungen zu
erkennen seien.
Woher die Gutsprecher aber ihre
Zukunftsgewissheit nehmen,
verschließt sich den Betroffenen.*

Inzidenz und Beherbergung

Unter Coronabedingungen … sollen etwa 10 Mio. Bürger nur noch dorthin verreisen und übernachten, wo das Leben noch sicher ist.

Jetzt können wir alle die Beweggründe der Migranten nachvollziehen. Juristen halten das „Verbot" für verfassungswidrig. Und aus virologischer Sicht, sagen Virologen, mache ein Beherbergungsverbot wenig Sinn, auch wenn der „Inzidenzwert" so hoch sei.

Es geht auf Weihnachten zu, und wir müssen uns rechtzeitig etwas einfallen lassen, damit die Reisenden nicht wieder in Ställen übernachten müssen — obwohl es schon Zeiten gab, in denen eine Übernachtung im Stroh die Rettung darstellte.

„Wording" und Demokratie

**Unter Coronabedingungen ...
sollten auch Politiker ihre Worte
noch sorgfältiger wählen.**

*Angela Merkel:
„Die Ansagen von uns sind nicht
hart genug, um das <u>Unheil</u> von uns
abzuwenden".
Markus Söder:
„Es ist nicht mehr fünf vor zwölf, es
ist <u>zwölf</u>" (beide Zitate:
Pressekonferenz am 16.10.20).
Welches Unheil und welche Uhr –
etwa die Schuldenuhr?
Vielleicht trifft das „Corona-
Kabinett" daher wichtige
Entscheidungen für die Bürger auch
am Parlament vorbei.
Keine Sorge, besorgter Bürger!
Diktaturen sehen ganz anders aus.*

Einheitlichkeit

Unter Coronabedingungen ...
soll es keine Insellösungen zwischen
den Bundesländern geben.
*„MP" Söder weiß genau, was er
neuerdings einfordert.*
*Bei Insellösungen kann er eigene
Erfahrungen vorweisen.*
*Weil ein künftiger Kanzler aber
niemals nur die eigene weißblaue
Landeshymne singen darf, probt er
schon einmal die Nationalhymne und
fordert Einigkeit und Einheitlichkeit
und nicht mehr Freiheit.*
*Sollte er nicht seine blau-weiße
Maske durch eine schwarz-rot-
goldene ersetzen?*

Mitnehmen und Bußgelder

**Unter Coronabedingungen ...
wollen uns Politiker immer gerne
„mitnehmen".**
*Dabei ist höchste Vorsicht geboten,
solange der Inzidenzwert so hoch ist
und wir und sie nicht ganz genau
wissen, wohin.
Die ganz Unbelehrbaren müssen
daher druckvoll belehrt und zu Kasse
„gebeten" werden.
Der aber im Bunde, der die höchsten
Bußgelder fordert, hat die höchsten
Infektionszahlen im Land – oder
umgekehrt.*

Zustimmung

Selbst unter Coronabedingungen ...
finden *„bei den Bürgerinnen und Bürgern die Maßnahmen gegen die Corona-Pandemie weiter eine hohe Zustimmung ...*

... so halten es 87 Prozent der Menschen in Deutschland für richtig, dass es weiterhin eine Maskenpflicht beim Einkaufen gibt.
Laut Politbarometer der Forschungs-gruppe Wahlen meinen zudem generell 73 Prozent der Befragten, dass die vorgeschriebenen Mund-Nase-Bedeckungen sehr viel oder viel dabei helfen, die Verbreitung von Coronaviren zu verringern. Die Abstandsregelung halten 90 Prozent der Menschen für angemessen
... Auch die Akzeptanz für die Maßnahmen der Bundesregierung insgesamt ist hoch. Knapp zwei

Drittel bewerten die im März von der Politik beschlossenen Maßnahmen zur Bekämpfung der Corona-Pandemie als genau richtig, wie aus der BMG-„Corona-Bund-Studie" unter Beteiligung unter anderem des ifo-Instituts, von Forsa und der Charité Berlin hervorgeht" (Internetseite der Bundesregierung am 17. Juli 2020).

„Nach wie vor gibt es immer noch eine hohe Akzeptanz für die Corona-Regeln, aber wir spüren auch, dass die Stimmung beginnt, aggressiver zu werden ... Das fängt an mit Beleidigungen, dann wird gepöbelt, gespuckt, angehustet...". (Jörg Radek, Vize-Chef GdP, DPA vom 18.10.2020").

Andere Bedingungen — andere Ergebnisse? Oder schlicht genervt?

Hubschrauberlandeplatz am Kanzleramt oder BER?

Unter Coronabedingungen ... müssen alle den Gürtel viel enger schnallen als sonst.

Das gilt nicht für das Vorhaben des geplanten Erweiterungsbaus des Kanzleramts für 460 Millionen Euro mit Hubschrauberplatz.

Kommt ein neuer Kanzler? Oder muss rechtzeitig für einen schnellen Abflug vorgesorgt werden?

Auf die Fertigstellung des Vorzeige-projekts der Politik „BER" konnte und wollte wohl niemand mehr warten.

Und dann doch:

Pünktlich zum 29.10.2020 öffnet der Flughafen nach 9 Jahren Verzögerung und satten 6 Milliarden Euro Baukosten – mit zwei Fliegern.

Eine deutsche „Erfolgsgeschichte".

CDU-Kanzlerkür

**Unter Coronabedingungen ...
kommt der *wichtigste* Termin der
CDU 2020 unter die Räder.**

*Dem einen oder anderen kann das
nur Recht sein, wenn der Andere vor
dem Einen in der Zustimmung der
Fans liegt. Der aber, der vorne liegt,
kann sich einüben in klaren
Vorwürfen und fast glasklaren
Vermutungen für die Verschiebung.
Aber bitte! Leute! Es geht doch nur
um den Schutz der Delegierten und
die Menschen, die das Spektakel mit
Brötchen, Wasser und Strom
versorgen.
Ein Schelm, der anderes vermutet.*

Endlich – Mehr Geld!

**Unter Coronabedingungen ...
haben sich die Tarifpartner geeinigt.**

*Die Beschäftigten im Öffentlichen
Dienst erhalten in den unteren
Lohngruppen endlich mehr Geld fürs
Leben – und eine Corona-Prämie.
Woher das viele Geld kommen soll,
wird sich noch klären. Bei den vielen
Hundert Milliarden € für den EU-
„Wiederaufbaufonds" fällt das kaum
noch ins Gewicht.
Woher die Selbstständigen das Geld
für ihr Überleben bekommen, steht
dagegen seit Monaten fest. Die
Jobcenter freuen sich auf die neuen
„Kunden", und die Politik macht es
den Betroffenen leichter, an das Geld
des Staates heranzukommen.
Überall blühen dafür die Solidarität
und das gute Miteinander.*

Unerlaubter Beifang

**Unter Coronabedingungen...
müssen alle Restaurantbesucher
Namen und Adressen hinterlegen**

*Dies bringt
Strafverfolgungsbehörden auf Ideen.
Warum diese Daten nicht nutzen, um
Ganoven auf die Spur zu kommen?
Auf die Beschlagnahmung solcher
Listen durch die Polizei reagieren
Datenschützer empört und wittern
Verfassungsbruch. Zu Recht?
Auf die Festnahme eines kleinen
Gauners zu verzichten, mag ein
kleines Opfer sein. Doch was, wenn
man durch die Zweitverwertung von
„Corona-Daten" einen großen
Terroranschlag verhindern könnte,
aber aus Datenschutzgründen nicht
darf? Ist das hohe Rechtschule oder
politische Dummheit, also typisch
deutsch?*

Corona-Schach

**Unter Coronabedingungen...
sind auch Spiele nicht mehr das, was
sie einmal waren.**

*Schach wird von Leuten gespielt, die
mit ihrer Intelligenz nichts Besseres
anzufangen wissen. Körperliche
Anwesenheit ist dabei nicht
erforderlich, aber der Verzicht auf
diese motiviert einige Spieler zu
schachfremden Höchstleistungen.
Man benutzt zum Beispiel einen
Schachcomputer als Hilfe, segelt
unter falscher Flagge (Identitäts-
diebstahl, etc.), spekuliert auf
instabile Online-Verbindungen oder
lässt eine spielerische Patt- Partie
einfach sinnlos weiterlaufen, um sie
auf Zeit zu gewinnen. Schlechte
Vorzeichen für Online-Beschulung bei
einer Species mit natürlicher
Schummelbegabung.*

Risiko Schweinshaxe

Unter Coronabedingungen...
lauert die Gefahr überall

Eine deutsche Schweinshaxe soll für einen Coronaausbruch in China verantwortlich sein. Dabei wurden die Viren nur auf der Verpackung nachgewiesen. Die kleinen Biester sind wahre Überlebenskünstler und überleben auf fast allen Oberflächen tage- bis wochenlang, am besten feucht und kühl, selbst bei -80°C. Nur die Ruhe Freunde. Viren haben keinen Personalausweis, lassen sich nicht über GPS verfolgen, und sie antworten auch nicht auf dumme Fragen: „Woher kommt ihr denn?" – „Aus del Bundeslepublik!" Ja, genau.

Die Börse feiert

Unter Coronabedingungen...
ist die Welt ein psychologisches Experimentalfeld

Warum am 24. März 2020 der DAX einen Freudensprung um 1000 Punkte machte, weiß bis heute keiner so genau. War da was – außer dem vielen Geld, das die Notenbanken locker machten, dem Gewöhnungseffekt und der Hoffnung, dass es jetzt aber mal genug ist? Der Rest war simples Herdenverhalten.

Die zweite Welle juckte die Börse schon gar nicht mehr. Corona – was war das noch? Aber jetzt gibt es einen echten Grund, um eine neue Kursrakete zu zünden und die Aktien von Fluggesellschaften, Kreuzfahrtanbietern, Hotellerieketten, Banken etc. gegen Lieferservice- und andere Coronaprofiteur-Aktien zu tauschen, Die Nachricht des Tages, passend zum deutschen Schicksalstag (9. Nov.): Er ist da – der Impfstoff – zumindest fast. Und für alle umsonst, denn der Staat, ähh.., der Steuerzahler, soll alles bezahlen.

Leute beruhigt euch!
Erst einmal tief durchatmen und Gehirn einschalten. Das Zeug muss bei -80°C gelagert werden. Kein Arzt und keine Apotheke hat solche Superkühlanlagen. Keiner weiß, wie lange es dauert, bis alle „Risikogruppen" geimpft sind, wie lange der Impfschutz vorhält und wie schnell das Virus sich anpasst.
Der Börse ist das schnuppe. Es geht nur darum, jeweils vorne mit dabei zu sein, egal was passiert und ob überhaupt etwas passiert. Der Kurs ist die Wirklichkeit.

Survival Of The Fittest

„Gerade unter Coronabedingungen...
müssen wir der Evolution jeden Tag
auf Knien danken, dass sie uns mit
maskentauglichen Ohren
ausgestattet hat."
(C. Moseberg, Member of the Risk-Group)

Mit Humor und Gelassenheit
gegen das „*Unheil*" ...

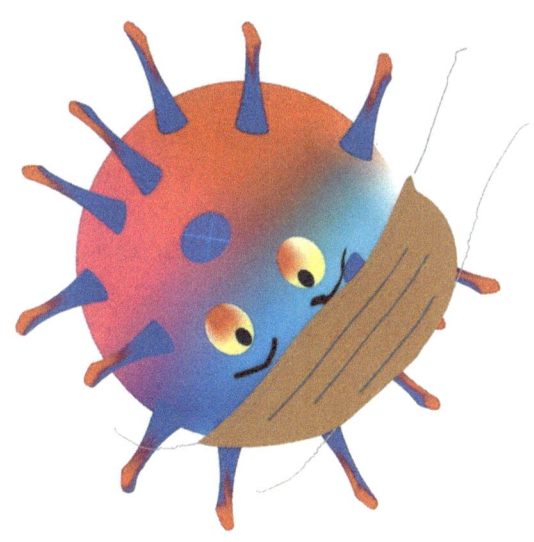

Gute Laune?

**Unter Coronabedingungen ...
brauchen wir richtig gute Laune, weil
die ganze Sache vielleicht doch nicht
so rund läuft.**

*Noch macht das ganze Tohuwabohu
den Bürgern nur schlechte Laune.
Einen zweiten Lockdown glauben sie
nicht überleben zu können. Einigen
hat leider bereits der erste Lockdown
ganz real die Existenz gekostet.
Aber selbst wenn es noch schlimmer
kommen sollte, sollten sich die
Politiker nicht zu große Sorgen
machen.
Sie sollten und sie dürfen weiterhin
ehrlich lächeln und Optimismus
verbreiten, weil innerhalb ihrer
eigenen – beschützten - Lebenswelt,
alles auch tatsächlich so sicher ist,
wie es ihnen selbst erscheint.*

Die Diäten werden weiter auf das Konto überwiesen und das Einkaufen übernehmen weiterhin andere, trotz aller Einschränkungen. Auch Kurzarbeit für Parlamentarier und Minister ist nicht zu erwarten.

Wo aber kein eigener Mangel ist, wird das Lächeln - selbst unter eiskalten Bedingungen – unter den Masken - nicht gefrieren.

Gute Regeln!

Nicht nur unter Coronabedingungen sollten wir alle ***gute*** Regeln beachten und gemeinsam praktizieren.

Zuvorkommend und tolerant miteinander umgehen. Niemanden bevormunden. Niemanden diffamieren, sich über ihn lustig machen, oder über ihn schlecht reden. Abstand von denjenigen halten, die Böses und Falsches wollen, oder dazu verleiten wollen, dass wir ihnen das Böse und Falsche nachmachen. Etwas mehr an andere denken als nur an sich selbst. Diejenigen unterstützen, die Hilfe benötigen. Diejenigen unterstützen, die andere unterstützen, die unsere Hilfe brauchen. Auf das eigene „wording" achten. Jeden Tag am eigenen Optimismus, dem Humor und der Gelassenheit arbeiten.

Und:
Die Corona-Regeln befolgen!

Eine letzte Meldung – aus Essen!

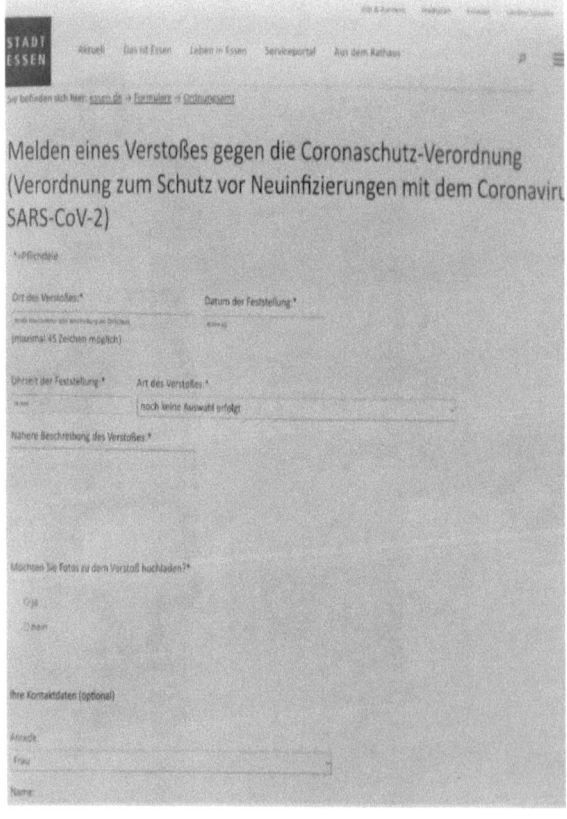

Danksagung

Dank gilt allen Politikern, Experten, Bürgern und Freunden, die durch ihr Denken und Nichtdenken, Sagen und Verschweigen, Tun und Unterlassen, Hoffnungsfroh- und Echauffiertsein, dafür sorgen, dass unser Leben nicht langweilig wird.

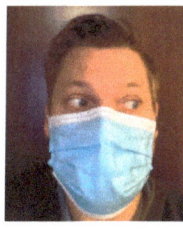

Besonderer Dank gilt den Freunden, die uns mit Beispielen und eigenen Erlebnissen versorgt haben, und dem *Schöpfer* der Corona-Grafiken T.G. ... *unter Coronabedingungen* ... natürlich mit korrekter Mund-Nasen-Abdeckung.

Die Autoren

Ohne Maske ... lange vor der Krise, daher
beide noch happy und noch gelassen!

Prof. Dr. Klaus Fischer

ist Wissenschafts- und
Kognitionsforscher und
war bis zu seiner
Pensionierung Professor
für Wissenschaftstheorie
an der Universität Trier. Er ist Autor
zahlreicher Werke und Aufsätze.

Dr. Dieter Stober

ist Politik- und Sozial-
wissenschaftler, war im
Top-Management in
Industrie- und Handels-
unternehmen und als
Management-Coach tätig. Er ist freier
Journalist und Autor.

Weitere Bücher der Autoren

Das allmähliche Verschwinden der Gelassenheit!
Bände 1, 2, 3

Verlag tredition Hamburg 2020

Band 1 – ISBN 978-3-347-13583-3 18,00 €
Band 2 – ISBN 978-3-347-13589-5 18,00 €
Band 3 – ISBN 978-3-347-02279-9 18,00 €

FSC
www.fsc.org
MIX
Papier | Fördert
gute Waldnutzung
FSC® C083411

Zeitfracht Medien GmbH
Ferdinand-Jühlke-Straße 7
99095 Erfurt, Deutschland
produktsicherheit@kolibri360.de